Une mission
pour Vaillant

Une mission pour Vaillant

Alain M. Bergeron

Illustrations de Sampar

COLLECTION

SAUTE-MOUTON

ÉDITIONS
MICHEL
QUINTIN

Données de catalogage avant publication (Canada)

Bergeron, Alain M., 1957-

Une mission pour Vaillant

(Collection Saute-mouton ; 28)
Pour enfants de 6 ans et plus.

ISBN 2-89435-257-3

I. Sampar. II. Titre. III. Collection : Saute-mouton
(Waterloo, Québec); 28.

PS8553.E674M57 2004   jC843'.54   C2004-941165-9
PS9553.E674M57 2004

Révision linguistique: Monique Herbeuval

La publication de cet ouvrage a été réalisée grâce au soutien
financier du Conseil des Arts du Canada et de la SODEC.
De plus, les Éditions Michel Quintin bénéficient de l'aide
financière du gouvernement du Canada par l'entremise du
Programme d'aide au développement de l'industrie de
l'édition (PADIÉ) pour leurs activités d'édition.

Gouvernement du Québec – Programme de crédit d'impôt
pour l'édition de livres – Gestion SODEC

ISBN 2-89435-257-3
Dépôt légal - Bibliothèque nationale du Québec, 2004
Dépôt légal - Bibliothèque nationale du Canada, 2004

© Copyright 2004
Éditions Michel Quintin
C.P. 340, Waterloo (Québec) Canada J0E 2N0
Tél.: (450) 539-3774   Téléc.: (450) 539-4905
Site Internet: www.editionsmichelquintin.ca

1 2 3 4 5 6 7 8 9 0 M L 9 8 7 6 5 4

Imprimé au Canada

*Ce récit, inspiré d'un fait réel, est dédié à
Réal Gauthier et à Jocelyn Verville*

Quoique petit, il est vaillant...
(Shakespeare)

1

Une mission délicate

pigeon.

Commandant Raynal
Fort de Vaux

4 juin 1916, 11 h 30

« *Nous tenons toujours, mais nous subissons une attaque par les gaz et les fumées, très dangereuse. Il y a urgence à nous dégager. Faites-nous donner de suite toute communication optique par le fort de Souville qui ne répond pas à nos appels. C'est notre dernier pigeon.* »

Commandant Raynal
Fort de Vaux

C'est une mission délicate. Je le vois à la mine sérieuse de l'homme qui s'approche de ma cage.

À mon dernier envol, c'était un message d'amour d'un soldat pour sa fiancée. Avant que je parte, le soldat avait déposé un baiser sur ma petite tête.

Pouah!

J'espérais ne pas avoir attrapé de maladie!

J'ai livré le mot à sa belle. Elle était tellement contente de me voir qu'à son tour, elle m'a longuement embrassé...

J'avais peur qu'elle ne m'avale!
Puis, elle a défait la ficelle
entourant le message et elle l'a
lu.

Roucoulant de bonheur, elle
m'a regardé avec gratitude.
Avant qu'elle ne puisse m'attraper pour me donner un autre

baiser, je me suis envolé pour aller m'abriter dans mon colombier et m'y reposer.

Mais là, c'est différent. Je ne pense pas que le commandant Raynal, avec son air solennel, ait l'intention de m'embrasser. C'est tant mieux : avec sa barbe drue et son visage sale, ce ne serait pas très agréable. Et puis, il saigne du nez...

Il me retire de ma cage en me prenant doucement dans ses

mains. Elles sont tellement larges que je pourrais m'y abriter pour dormir.

Il était temps! Je vais enfin pouvoir me dégourdir les ailes. Il y a quelque temps, nous étions plusieurs à partager cette cage. À chaque nouvelle mission, j'espérais être choisi, mais le commandant ne me remarquait pas. Curieusement, aucun des pigeons envoyés dernièrement n'est rentré. Là, puisque je suis seul, le commandant Raynal n'a plus le choix. Il attache le bout de papier à l'une de mes pattes.

Autour de nous, il y a des explosions, des cris de peur et de douleur. Il est temps pour moi de quitter l'endroit et de rentrer à mon colombier.

Avant de me libérer, le commandant Raynal me regarde longuement. Allez, quoi! On n'y passera pas toute la journée! J'ai hâte de revoir ma douce colombe et mes petits pioupious qui m'attendent à la maison.

— Tu es notre dernier espoir, Vaillant!

Pouah!

Il me l'a donné, finalement, son bisou…

Et puis, quelque chose d'humide et de salé a atteint mon bec.

Une larme!

Il me semble que le message
à ma patte devient de plus en
plus pesant...

2

Un premier danger

Le commandant Raynal me lance avec force dans les airs, hurlant des encouragements. Comme si j'avais besoin de son aide pour m'envoler! J'ai quand même quatre ans et beaucoup d'heures de vol dans le corps!

Telle une flèche, mais sur une plus longue portée, je file

dans le ciel en battant vigoureusement des ailes. Je m'élève rapidement jusqu'à la hauteur de ces immenses ballons d'observation[1] qui cachent mon soleil.

[1] Ces ballons transportaient des militaires pour qu'ils puissent observer le déroulement des combats.

Sous moi, les explosions assourdissantes reprennent. Je vois des soldats qui cherchent à s'abriter dans des tranchées ou derrière d'épais murs de pierre. Ils risquent de se faire mal s'ils ne font pas attention…

Je connais la route qui mène à mon colombier. Je pourrais m'y rendre les yeux fermés. C'est comme si j'avais une

carte dans ma petite tête : je ne peux m'égarer.

Qu'est-ce que c'est?

Devant moi se dresse un énorme nuage de fumée. Impossible pour moi de l'éviter ou de le contourner. Je n'ai d'autre choix... que de foncer!

La fumée est tellement dense que je n'y vois plus rien. Mes yeux piquent, c'est affreux. Et cette épouvantable chaleur qui m'accable.

Je continue d'avancer à l'aveuglette, priant pour ne pas m'écraser contre un mur, un arbre, une montagne...

J'ai de la difficulté à respirer. Comme si mes poumons s'emplissaient chaque fois de poison. Je me sens faiblir. Je dois pourtant continuer.

La fumée m'étourdit. Je ne me suis jamais senti aussi faible. Si je cesse de battre des ailes, je vais tomber comme une pierre. Je pense à ma colombe, à mes pioupious.

Une éclaircie!

Devant moi… Un coin de ciel bleu.

Vite, je m'y engouffre…

Libre!

J'ai réussi à m'en sortir. Je l'ai échappé belle. Je me retourne.

L'écran de fumée et de gaz est derrière moi.

Il me suffit de quelques repères pour savoir que je suis toujours sur la bonne route pour mon colombier. J'espère que les épreuves sont terminées.

Mais je pourrais me tromper...

3

Manger ou être mangé...

Je dois me poser, me reposer même...

Même si mes yeux piquent encore un peu, je déniche un endroit qui me paraît paisible, une clairière déserte.

Je refais le plein d'air sain et d'énergie. J'en profite pour manger un peu de graines. Pas trop, toutefois, juste assez pour remplir un petit creux. Je mangerai à ma faim lorsque j'aurai atteint ma destination.

J'entends des pas derrière moi.

Des soldats approchent. Je ne les connais pas.

Ils parlent drôlement. Ce n'est pas de la même façon que le commandant Raynal. Même leurs habits ne sont pas pareils.

À voir leur visage, je ne crois pas qu'ils aient envie de déposer un bisou sur ma petite tête. Je suis sur mes gardes. J'ai entendu des histoires d'hommes qui s'emparaient de pigeons pour les manger. N'est-ce pas horrible?

Les soldats étrangers ne paraissent pas affamés.

Ils se penchent lentement vers moi, tendant les bras comme pour m'attraper. Je réussis à m'esquiver en courant

sur le sol. Non mais, ne pourraient-ils pas me laisser manger en paix, ceux-là?

J'avale une dernière graine. Je m'apprête à m'envoler lorsque l'un d'eux, avec la rapidité d'un chat, me saisit.

Je suis prisonnier. Je me suis trompé: je serai à leur menu...

Je me débats vigoureusement, mais les mains de l'homme sont ma cage. Plus je bouge, plus il serre, comme s'il voulait m'étouffer. J'ai beau agiter mes pattes, elles se balancent dans le vide.

Le soldat me retourne et je sens que ses gros doigts s'activent sur ma patte.

Le message!

Ils ne vont pas me manger...
Ils veulent seulement lire mon
message. Je suis à demi sou-
lagé. Puis je réalise qu'une fois

le message lu, ils ne feront qu'une bouchée de moi.

Dans un geste désespéré, et malgré ma position incon-fortable, je donne un violent coup de bec sur la main de mon geôlier. Il crie et me laisse tomber. Il est furieux, tout comme son compagnon qui l'enguirlande.

Celui-ci s'empare du long bâton glissé à sa ceinture et s'apprête à l'abattre sur moi.

J'évite le coup et je bondis entre ses jambes. L'autre plonge pour m'intercepter, mais ne rencontre que le vide et la jambe du soldat. Les deux hommes roulent au sol alors

que je prends mon envol, désormais hors de leur portée.

Avant de reprendre la route, je redescends en piqué vers eux et je lâche deux petites bombes blanches sur leurs têtes de vilains!

Bien fait!

4

L'ennemi vient du ciel

La chance tournera-t-elle enfin en ma faveur? Je le souhaite.

Le vent, qui peut être un redoutable adversaire, est aujourd'hui mon allié. Il souffle maintenant dans mon dos et me permet d'augmenter ma vitesse de façon spectaculaire.

Excité à l'idée de livrer mon message, mais surtout de re-trouver les miens, je me sens plus fort. Rien de ce qui grouille au sol à ce moment-ci de la journée ne serait capable de me suivre.

J'ai parlé trop vite... Car après l'écran de fumée et les

soldats étrangers, la menace vient du ciel et elle fond sur moi!

Je parviens, je ne sais trop comment, à éviter la foudroyante charge du faucon. Hurlant sa fureur d'avoir raté sa proie de si peu, il se lance à nouveau à ma poursuite, ses serres acérées prêtes à m'agripper.

Ce n'est pas mon premier affrontement avec l'ennemi juré des pigeons. La dernière fois, nous étions plusieurs à tenter de nous échapper. Nous avons eu l'avantage du nombre. Un seul de notre groupe a été

capturé, les autres en ayant
profité pour déguerpir en toute
sécurité.

Cette fois-ci, c'est un contre
un...

Je ne le battrai jamais de
vitesse, il est beaucoup trop

rapide pour moi. Et mes aventures précédentes ont miné ma résistance physique.

Le faucon reprend son attaque. Je dois jouer de finesse, si cela est encore possible.

Je plonge vers le sol, puis à la dernière seconde avant de toucher terre, j'effectue une remontée.

La manœuvre ne trompe pas mon poursuivant qui prévoit chacune de mes réactions.

Mes forces m'abandonnent. Je ne peux plus m'enfuir. C'est fini. Je serai une proie facile pour le faucon qui fonce à nouveau sur moi. Je ne peux plus l'éviter.

Je bats des ailes avec l'énergie du désespoir, sachant

que l'issue sera fatale. Je ferme les yeux, sentant la présence de mon bourreau au-dessus de moi et...

Un hurlement!

J'ai aussi entendu une détonation. J'ouvre les yeux.

Quelque chose a sifflé près de ma tête. Ça n'a pas touché le faucon, mais ça l'a fait fuir!

Des soldats sont au sol. L'un d'eux a épaulé sa carabine.

Ça y est. Je suis sa prochaine cible.

— Eh! Je ne suis pas un pigeon d'argile, moi!

Il tire et rate de peu... le faucon qui s'éloigne en protestant.

Je mets un temps à réaliser.

Mon colombier!

Je suis arrivé!

Épilogue

Mal en point, Vaillant, le pigeon-soldat, est arrivé à destination et a livré son message. Il a retrouvé sa colombe et ses deux pioupious. Cette mission de l'oiseau pour le commandant Raynal a été sa dernière du genre.

L'exploit de Vaillant a été souligné par les autorités militaires qui l'ont cité à l'ordre de la Nation :

« *Malgré les difficultés énormes résultant d'une intense fumée, (Vaillant) a accompli la mission dont l'avait chargé le commandant Raynal. Unique moyen de l'héroïque défenseur du fort de Vaux, (Vaillant) a*

transmis les derniers ren-
seignements qui aient été
reçus de cet officier... »

Vaillant venait d'entrer dans l'Histoire. Encore aujourd'hui, une plaque de marbre commémorative sur les ruines du fort de Vaux, en France, rappelle son incroyable exploit pendant la Première Guerre mondiale.

Table des matières